KB267384

공동밥상

공동밥상

조수행 시집

공동밥상

달아실기획시집
43

보조 용언과 합성 명사의 띄어쓰기 등 본문의 맞춤법은 시인의 의도에 따른 것임.

감악산 자락, 빗방울 하나 툭 떨어져 전쟁의 불길을 헤쳐 보릿고개를 넘고 산업화와 민주화의 물결을 헤엄쳐 팔순의 강에 닿았습니다. 삶이 무겁고, 길은 험하고 어두웠지만 꿈을 따라 중단없이 격동의 세월을 걸었습니다. 그 길에 찍힌 발자국이 시가 되었습니다.

시가 옹골지게 여물지 못했지만, 시를 읽는 누군가의 가슴에 작은 물방울이 되길 바랍니다.

2025년 초여름 감악산방에서
조수행

1부

피데기*

내가 어떻게 태어났는지 모른다

분명한 건 내 몸은 난류성
따뜻한 해수를 좋아한다는 것

내가 어떻게 뭍에 올랐는지 모른다

분명한 건 내 몸은 건조성
허공에 들리어 해와 별을 먹고
해풍에 말라간다는 것

피데기로 다시 태어나는 나

이생을 건너
윤회의 다음 생은 어디일까

전생의 바다를 펼쳐보며
몸처럼 눈물도 꾸덕꾸덕해진다

* 반건조 오징어를 일컫는 동해안 사투리.

숫돌

마당귀나 마루 밑에
아무렇게나 놓여 빈둥거리던 숫돌
오랜 기다림으로 허기졌다

벌초를 위해 낫을 간다
제 살 깎아 날을 벼리는 숫돌

내 어린 날의 아버지는
학이 나는 자세로 앉아
쓱싹쓱싹 낫을 갈고
허공을 행해 손가락으로 쓰윽 그어
날의 예리함을 가늠하셨다

쇳내 물큰 나는 낫을
내 지게에 꽂아주면
나는 산으로 들로 나가
쇠꼴 한 짐씩 베어 날랐다

아욱국을 끓이며

아내 대신 아욱국을 끓인다
손바닥 넓적한 푸른 잎사귀
한 아귀 듬뿍 뜯어
이남박*에 힘줄이 돋도록
박박 치대어 빤다

미끈대는 푸른 거품
아욱의 뼈가 낭창낭창
치댈수록 맛이 깊어지는
쌈 싸 먹거나 데쳐 먹지 않고
국 끓여야 제맛 나는 아욱

큰누이 첫 출산
해산박**에 미역 대신 아욱을 빨던
어머니 손을 생각한다

가난을 끓이던 솥에는
낟알보다 푸성귀가 죽 끓여지고
부뚜막도 새카맣게 허기졌었다

* 안쪽에 여러 줄로 고랑이 지게 돌려 파서 만든 함지박.
** 해산을 위해 쌀을 일거나 미역을 빨 때 정갈히 하기 위하여 사용하는
   별도의 박.

장 마중

땅거미 내려
어둠이 내 몸 가두고
내게로 오던 길 사라지면
나는 짚으로 횃불 만들어
소 팔러 가신 아버지 마중 나간다

짚단에 성냥 그어 물리면
화르르 타오르다 이내 숨죽이는
휘적휘적 바람 속으로 손 내어 걸어가면
묶인 짚단이 조금씩 가슴 열어
그림자처럼 언뜻언뜻 흔들리던 길

메케한 연기가 눈 찌르고
돌부리에 발목 잡혀 깨진 무릎도
서낭당, 저만큼 들려오는 기침 소리에
무서움 사라지고
길 환히 밝아온다

한 봉지 사탕을 쥐여주시던

워낭소리로
슬픔을 안겨주시기도 했던
내 어린 날의 아버지 장 마중

쑥을 엮으며

쑥이 왜 쑥인 줄 아냐?
쑥쑥 잘 크기 때문이지
쑥은 단오 전날 베어 말려야 약효가 제일 좋다
어머니는 봉당에 앉아 쑥을 엮으면서 말씀하셨다

병원도 약국도 없는 산골
어머니는 남몰래 양귀비를 키우시고
산야초 백 가지로 엿을 고아
우리 오 남매 의원이 되셨다

종기에는 쑥뜸을
횟배나 토사에는 양귀비 달인 물을
소화불량에는 엿을 환 지어 먹이시고
배를 쓱쓱 문지르면 씻은 듯 나았다

단오 전날
지천으로 널린 쑥을 베어 엮으면서
어머니를 만난다

오줌독

마당 한구석
깨어진 독
새벽이면 방에서 나온 요강을 받았지
넘치도록 발효된 오줌을
어머니는 똥장군 지고
울타리 넘어 보리밭에 부으시며
풍년을 기원했더랬지

단단한 겨울을 뚫고 자라난 보리
누릇누릇 익어갈 때
깜부기 뽑아 보리피리
필릴리~ 필릴리~

꼴짐 지고
보릿고개 넘을 때
내 뱃속에서도 가죽 피리
꼬르륵~ 꼬르륵~

지게

키에 맞게 아버지가 만드신 지게

동생을 업던 힘으로 지게를 진다
지게가 내 어깨를 누른다

풀밭 푸른 언덕에 꼴짐을
진달래 붉은 동산에 나뭇단을 지고
석양을 날랐다

그 무게를
버티어 온 어깨가
험한 세상, 나를 지키는 힘이 되었다

몸이 모르게

세월이 내 몸에 든 것을 까마득히 모르고 있었다

거칠어진 피부에 주름살, 억새꽃 날리는 머리. 찌이~ 찌
이~ 풀매미 귓속에 울고, 시야에 안개가, 손발 뼈 마디마
디가 바람에 비명 지르는 통풍이 내 몸에 들고서야 세월
이 머문 흔적임을 알았다

벌레 물린 자리처럼 생이 가려워질 때
아내 대신 아욱국을 끓일 때
시 한 줄 보이지 않는 안개 속을 방황할 때
통풍 진단 후
금주한 술, 간절하여
몰래 마신다

세월이 내 몸에 든 것 몰랐던 것처럼
내 몸 모르게
가만가만히 술을 마신다

통풍

발작이다
마른번개가 치고 지나간 발바닥
쩍, 금이 갔다
바람이 발가락과 손 마디마디를 스치자
삐죽삐죽 내미는 뼈의 버섯

일생을 함께 달려온 피
자싯물* 같다
발작이 멈출 수 있다면
손발을 잘라내고도 싶은 통풍

늙음이 지나는 길목
바람이 바늘과 망치 들고 서 있다

* 설거지 후에 생긴 물을 가리키는 강원도 사투리.

순간이 머물다 간 자리

카르릉 카르릉
날카로운 비명이 허공을 자른다
팔뚝 같은 땔감이 짜름짜름 잘려 수북이 쌓인다
앗, 눈 깜짝할 사이
톱날이 내 왼손가락을 물어뜯었다
괴물 같은 놈
하마터면 나무토막 잘리듯 내 손목도 잘릴 수 있었겠다

병원 응급실
응급조치 끝나고 길게 관처럼 누워
긴 복도를 울퉁불퉁 지나고
승강기 타고 내려
중환자실 수술대에 묶인
나는 전신 마취되어
뼈가 이어지고 살이 꿰매지는 다섯 시간 동안
한 마리 순한 짐승이 되었다

내 몸의 독백

어깨동무하던 어깨
어깨를 재던 어깨
탱탱한 무게를 당겨 내 생을 거머쥐던
도리깨 같던 어깨가 잠들지 못하고 칭얼댄다

통증클리닉, 물리치료실을 수개월 드나들어도
한숨은 깊어만 갔고
MRI로 들여다본 의사는
수술을 권장하지만
통증도 내 몸의 독백
내가 돌봐야 하는 것

넉 달 동안
입욕과 체력단련으로
회전근개 파열을 극복
통증이 내 몸을 떠났다

수술하여 날 것이면
그냥도 낫는다고 한 어느 의사 말씀에

날개처럼 가벼워진 내 어깨

꽃 몸살

팡팡 웃음 터뜨리는
저 벚꽃
눈송이처럼
바람에 날린다

어쩔거나
꽃잎의 울음을 어쩔거나
허공을 물고 떨어지는 꽃잎 따라
나도 함께
낙화하고 싶은
환장할 이 봄날

벚꽃 큰 잔치에
입술이 다 타도록
나는 꽃그늘 아래서 몸살을 앓는다

동짓날

저물녘
쇠여물이 끓는 외양간 앞, 마당귀

아버지는 오물조물 옥수수 단을
작두에 먹이고
나는 작두에 단 줄 잡고
오른발 높이 들었다 놓았다
옥수숫대를 싹둑거리는
숨 가쁜, 작두질

연기는 어둠에 잠기고
싸락눈은 아버지 맨손에 시리다

부엌에선 팥죽이 끓는
동짓날

잠에도 눈이 있다

땅거미가 슬금슬금 기어오르고
먹물을 찍은 어둠에 갇히면
온종일 빛나던 눈이
납덩이처럼 무거워
가만히 잠 속에 눈을 묻는다

망팔望八의 나이
첫사랑처럼 지나가던 밤이
밤을 조각내고 덜커덩거린다
조용히 잠의 눈을 떠
추억의 덧신을 신는다

유년의 달이 뜨고
고향 마당에 선 나는
새처럼 날아다니는
시인이 되어보는 것이다

열쇠

출세하면 열쇠 세 개가 딸려 온다고 한다
가난하고 못난 나는
호두 고리 달린 달랑 하나뿐인 열쇠지만
푸른 하늘을 날 수 있었다

언제나 은밀한 곳에서만 꺼내야 하는 열쇠는
사글셋방이나 문간방에서는
숨소리라도 죽여야 했다

나이 들수록, 쇠잔해진 열쇠
낡은 아파트
초인종 소리에도, 전자식 카드에도
문은 좀처럼 열리지 않는다

열쇠를 수리합니다
확성기 소리가 단지에서 멀어져 간다

황토방

고희를 바라보는 나이
세 평 남짓 황토방을 짓고, 구들장에 등 지진다
군불 지필 때는
아버지가 꼭두새벽 쇠죽 끓이고
밥때는 어머니가 아랫목에서
따끈따끈한 밥주발 꺼낸다
우리 오 남매
서로 이불 당겨 시린 발 덮으려고 토닥거리는 과거
젖 냄새, 솔향 가득한
뒷산에서 파온 흙으로 바른
황토방
구부러진 허리 펴지고 온몸 환히 밝아온다

중심

선운사에서 도솔암 가는 길
거북처럼 웅크린 바윗돌 위에
누가 세웠을까
무게의 중심을 거꾸로 들고 가만히 올라탄
아슬아슬한 저 돌탑들
쪼그려 앉아 궁리에 궁리를 거듭하여
기도하듯
돌 하나씩 살얼음 올려놓은

쐐기풀 같은 이 세상을 나는
얼마나 중심 잡고 살아왔던가?
바람 불 때마다 흔들리고
와르르 가슴 무너진 적 얼마인가?

무중력의 돌탑 보면서
내 몸의 중심을 생각해보는 것이다

2부

공동밥상 1

어느 후배가 이민 가면서
내게 부쳐 먹으라 한 묵정밭 한 뙈기
올봄 이랑을 틀고 씨앗을 묻었다
옥수수가 눈을 트자 까치가 달려들고
콩을 묻자 비둘기가 물어 갔다
가끔 고라니가 제 식구를 데리고 내려와
고구마 콩 도라지 새순을 싹둑, 배를 채운다
무 배추 오이 케일은 벌레들의 운동장
묵정밭은 이제
나와 그들의 공동밥상
불청객을 금할 울타리나 겹줄 허수아비를 생각하다
백수인 나도 자연의 일부
차마 목초액마저 뿌릴 수 없다

공동밥상 2

어릴 적
아버지 따라 배운 농사일
산짐승 날짐승 물어 간 자리 보식 후
풀 뽑고 북 주어 커가는 작물
토마토 고추 지지대 세우고
오이 호박 섶 올려 키우는데
어느 날 때 아닌 우박이 때리더니
장맛비에 따라온 태풍이 훑고 갔다
만신창이 밭에
잎마름병 탄저병까지 창궐
내 몫은 줄어만 가는데
오늘 석양 노을 밭 가에서 땅콩을 나르는 다람쥐
고구마를 뒤지는 두더지를 보았다

오늘 밤
이 식구들 한자리에 불러
잔치 한번 벌려 볼까?

공동밥상 3

농사를 지어보면 안다
내가 짓는 농사
온전히 내 것이 아니고
나눔이라는 것

하늘과 땅의 몫은 절대적인 것
씨앗과 열매는 날짐승 들짐승이
잎과 줄기는 벌레와 바이러스가
꽃과 향기는 벌과 나비
슬쩍 날아와 세 들어 사는 잡초도 한술 뜨고
내 손에 든 호미도 제 몫 챙기려 한다

씨 뿌려 꽃피우고 열매 맺는 농사일은
공동밥상을 차리는 것
농사를 지어본 사람만이 안다

길을 읽다

색색의 문장들이 혀를 날름거린다

눈높이 나무에
철도 없이
전국 사투리가 밟히는
갈래 길

시간에 허기진, 도마뱀
무늬와 색깔 따라
도막 난 꼬리 잇는다

신발 끈 고쳐 매듯
길이 가지런해진다

호미

호미가 흙의 거죽을 긁거나
속살을 파고들 때마다
흙은 조금씩 아주 조금씩
호미를 물어뜯었나 보다

산 지 2년 남짓
입도 이빨도 없는 흙이
호미의 귀를 먹어
날이 뭉툭해진 호미
물론 혼자만의 몫은 아닐 터
바람의 젖은 손이 흔들고
잡초도 슬쩍슬쩍 거들고
돌멩이도 제 몸 부딪쳐
호미의 몫을 덜어냈을 것이다

비 온 뒤, 묵정밭
고양이 귀처럼 짧아진 몽당 호미가
파도처럼 아우성치는 잡초를 물고
세월에 씻긴

거북 등 같은 내 손 잡아당긴다

쇠뜨기

농사를 지어본 사람은 알지
쇠뜨기가 얼마나 지독한 놈인가를

단단한 겨울을 뚫고
땅속 깊은 곳에서 기어 나오는
소나무잎 모양의 가냘픈 몸
손으로 잡아당기면
딸려 나오는 듯싶다가
도마뱀 꼬리 자르듯 톡
손 놓아버리는
호미나 삽날의 깊이를 파면
햇볕에 말라죽은 지렁이 같은
끝도 없는 뿌리가
장애물을 만나면 몇 바퀴든 돌다가
틈바구니 비집고 머리 내미는
뽑고 돌아서면 이내
떼거리로 파란 손 흔드는
그대로 두면, 온 밭을 점령
농사를 망치는

게릴라 같은 쇠뜨기

농사를 지어본 사람만이 알지
쇠뜨기가 얼마나 지독하고
얄미운 놈인가를

눈

일주일 내내
쏟아진 눈이
아이들 키를 훌쩍 넘었다

눈 그친 산장
적막강산
고립무원이다

휘영청 달이 밝다

눈 속에 갇힌 나
은빛 날개 달고 하늘을 오른다

상고대

눈도
얼음도
서리도 아닌 것이
눈처럼 얼음처럼 서리처럼

겨울 높은 산
얼음이 문 닫는 호숫가
나뭇가지에
바람이 구름옷 입히는 것

꽃이 되고 시가 되는
꿈이 되고 그리움이 되는 것

빗소리

비가 온다
비는 나무 잎새에서 지붕을 타고 온다
물방울이 잘게 부서지는 소리
아기가 깰까 조심스러운 발자국처럼
치마 속에 소리를 감추고 살금살금 오는
내 가슴을 가만히 두드리는
초록을 벗고 단풍을 입고 오는 비

깊어가는 가을
가만히 계절을 가르는
봄비처럼 기다리지 않아도
장맛비처럼 떠밀지 않아도
알아서 내리는, 가슴을 오롯이 채우는 비
나는 빗소리를 도둑처럼 듣는다

폭설

며칠째 폭설이다

인적 끊긴 산골 감악산방
청솔가지 부러지는 소리 낭랑하다

화로에는 군밤이 익어가고
등잔불 아래
어머니가 들려주시던 옛날이야기
나는 그만 울고 문풍지도 따라 울고

자고 나면
댓돌에 놓인 신발이 문지방을 넘었었다

입춘 지나고

나비처럼 나풀나풀 날던 눈이
벌처럼 씽씽 달리던 눈이
소낙비처럼 펑펑 퍼붓던 눈이
나흘 밤 닷새 낮 동안
마루까지
창문까지
처마 밑까지
쌓이고 쌓인 눈이
폭탄으로 변한 눈이
기상청 얼굴에 부끄럼 먹이고
허허로운 나무
가지 찢고 뿌리 뽑고
산짐승 들짐승 마을로 몰고
노약자 발 밀어 넘어뜨리고
엉금엉금 뒤죽박죽
여기저기 널브러진 자동차
주저앉은 비닐하우스와 넘어진 축사
봄 맞으러 나갔던 꽃들
전신이 결리고 아픈 몸들

비명 요란한 여기는 강릉입니다

자작나무 숲

인제 원대리 별바라기 숲

하늘 찌르는 미끈한 몸매들
여인네의 살결 같은 하얀 수피
고혹스러운 자태로 나를 유혹하는
자작나무 숲

나, 하룻밤
사랑을 속삭이며 자작자작
동침하고 싶어지는 곳

파묵칼레*

터키 남서쪽 데니즐리주 파묵칼레
눈 덮인 언덕인가?
바다가 말라버린 소금밭인가?
신이 가꾼 목화밭인가?
일만 사천 년 동안
온천수가 만든 다랑논 파묵칼레
시간이 빚은 색의 마술을 본다

흐르는 온천에 발 담그면
고대 히에라 폴리스의 번영과 영화
네크로폴리스**에 잠든 영혼과
허물어진 원형극장에서
지진에 묻혀
아직 깨어나지 못한 역사가
바스락거리는 소리를 듣는다

* 터키 남서쪽 데니즐리주에 있는 유적지.
** 히에라폴리스에 세워진 1천2백 기의 거대한 공동묘지.

아르띠뿌자*

길은 어디에도 있었지만
그러나 아무도 길을 몰랐다

질서가 없었다
그렇다고 혼돈만은 아니었다
맨발, 소음과 먼지, 거리의 소, 거지, 수도사…

신과 만남이 이루어지는 갠지스 강변
시체를 태우는 연기가 오롯이 피어오르고
사제의 등불이 밤하늘의 신들을 부르면
순례자는 신을 만나
업으로 얼룩진 육신을 씻어 영혼을 달랜다

삶과 죽음이 공존하는 곳
그칠 줄 모르는 신들의 축제
이방인도 그곳에선 신이 된다

* arti puja. 인도 바라나시의 갠지스 강가에서 이루어지는 힌두교 의식.

보리피리

바람 분다

고창 청보리밭
지평선 가득한 바다

출렁이는 물결 사잇길로
연인들
연지 볼 찍고
희희낙락하지만,
나는
할배, 아배가 넘던 보릿고개 넘으며
보리피리 분다

필릴리~ 필릴리~

내 봄 돌리도

2013년 5월 9일 날씨 흐린 후 비
순천만세계박람회 가는 길
제10회 청보리밭 축제가 열리는 고창군 공음면 학원관
광농원에 들르다
꽁꽁 언 겨울을 밟고 올라온 보리들 물결치며 시위한다

주제 – 청보리밭 그 이야기 속으로
시위자 – 백만 평방미터 가득한 보리
배경음악 – 보리밭, 바우고개
슬로건 – 내 봄 돌리도(유난히 춥고 변덕스러운 날씨)
    – 까대지 마라(모델료도 안 내고)

다문화 시대라 아프리카에서 건너온 깜부기도 보이고
웰빙 시대라 그 싫던 보리 개떡도 불티나게 팔린다
구경하던 유채꽃 손 흔들어 작별 인사

모정탑*

세월교 건너
송천이 휘감아 도는 노추산 자락

한 여인의 지문으로 쌓아 올린 돌탑

돌탑이 둘러싼 비닐 움막
바람이 밀봉된 문을 기웃거린다

긴 세월을 이고 날랐을
찌그러진 세숫대야와 함지박, 빗자루가
헌화처럼 놓여 있다

돌 하나하나의 간절한 기도와
탑 하나하나의 지극한 정성

나도 가만히 돌 하나 올려놓는다

* 강릉시 왕산면 대기리 노추산에 있는 삼천 개의 돌탑.

3부

뻘배

소금 바람 잔잔한
파도가 밀고 간 갯벌

무릎 꿇고 미끄러지듯
한 발로 노 저어 나아가는 뻘배는 얼마나 가벼운가?

어머니 젖줄 같은 뻘밭

한 가족의 동아줄이 된 아낙네가
건져 올린
낙지와 꼬막 자루를 메고
가족이 기다리는
귀갓길은 또 얼마나 거룩한가?

노을이 갯벌에 고된 하루를 내려놓는다

오리털 파카의 변

장미 울타리를 손보다가
아뿔싸!
가시에 오리털 파카를 찢겼다
찢어진 작은 틈 사이로
참았던 오리의 호흡이 뿜어져 나온다
슬픔이 꽥꽥 소리치며 바람에 날린다

깃털의 가볍고 부드러움으로
물 위를 춤추듯 유영하던 오리
제 살점을 보시하고
내 몸의 추위를 막아주던 오리가
자유를 찾아 한없이 날아오른다

화양강 노래
— 어느 집배원 이야기

| 부 | 사 | 망 | . | | 도 | 두 | 한 | 3 | 일 | 장 |

자기의 죽음을 전보치고
조문객 앞에 나타난 망자
내가 죽일 놈입니다
아들놈 대학 보내고자 꾀를 낸 것이니
내가 죽었다 치고 가지고 온 조의금 주고 가면
죽기 전 은혜는 꼭 갚으리라던
산 넘고 물 건너 사랑을 전하던 집배원

화양강 흘러 40년
어느 하늘 아래 아들 덕 보고 잘 사는지…

도시를 줍다

바람이 거리를 떠도는
분주한 일상이 널리는 도시
노인이 거리를 줍는다
새벽부터
땅거미를 돌아
삶을 줍는다

한 알씩 떨어진 쌀알과
한 장씩 날리는 가랑잎 찾아
차곡차곡 쌓고 있는 손수레
노인의 일상을 몰고 가는,
그의 희망이 담긴 손수레 위에
오늘도 절뚝이며 하루가 저문다

로드킬

어느 산골짝에 살다가
배고픈 새끼들 위해 탁발 나왔을까
부부싸움으로 무작정 가출했을까
인간 세상 참견하고 싶었을까
달리는 속도에 받쳐 죽음이 지나간
아스팔트길, 널브러진 고라니 한 마리

고향 마을 길
이 차선 곧게 포장되던 해
여섯 식구의 밥 줄 이셨던 형님
외출한 이웃 짐승 돌보고 오다
고라니가 된 주검 앞에, 아버지는
이눔아, 내 아들 살려내그라~ 허공을 치고
악머구리처럼 울어대는 조카들 보며
나는 얼마나 가슴 찢어졌든지

미명을 가르며 달리는
산북리 내 농장 가는 길
낙조처럼 눈물 떨어뜨렸을 고라니를 생각하며

가슴 먹먹히 한참을 바라보았다

저 높은 곳을 향하여

조문길에 들른 여주 휴게소

녹음기에 울리는 찬송가에 젖어
죽은 듯 자는 듯 기도하듯 엎드린 사내
어디에 슬픈 몸뚱이를 묻고
모진 세월을 끌고 예까지 왔을까

씽씽 달리는 고속도로를
상반신만 오체투지로 기어왔을까
자동차 따라 바람에 날려 왔을까

도와주셔서 감사합니다
종이상자의 묵언이
베트남전쟁 때 지뢰에 팔다리 날아간
전우를 문병 갔을 때
"이만하길 다행이야"
웃던 모습으로 다가왔다

동서울터미널에서

전철역으로 가는 건널목
어! 언제 왔을까?
저 사내

지누아리

가까운 바닷가
섬처럼 돋아난 바윗돌에
파도가 그리움으로 키운 눈물

누이가 걷어
양념 버무린
짭조름한 향수

지누아리

웬수

내 생애
그를 만난 것이 최대의 실수

웬수야, 웬수야,
찬란한 분노로 북새질치는 가슴

일 년여 세월이 지나자
비둘기 한 마리 날아들었다

경전이었다

꼬리

강아지가 꼬리를 흔든다

종달새가 꼬리를 치킨다

여자가 꼬리를 친다

당신이 말꼬리를 잡는다

내가 꼬리를 내린다

자동차가 꼬리를 문다

꼬리가 꼬리를 자른다

통조림

마트에서 골라 온
동그랗고 긴 원추형의 관
흔들면 파도 소리 들리는
밀봉된 바다가 식탁에 오른다

안전핀을 뽑듯 원터치로 뚜껑을 열자
토막 난 꽁치가 왈칵 숨을 토해낸다
짭조름한 꽁치의 눈물바다

그 바다에는
머리도 지느러미도 없는
오직 토막 난 꽁치가 산다

개 1

사냥으로 용맹을 떨치던
안내역으로 눈과 귀가 되어주던
충성과 재롱으로 사랑받던, 개

개가 과일 앞에 오면 시금털털하다
개살구 개머루 개복상
꽃에 앉으면 시시하다
개망초 개별꽃 개불알꽃
사람 앞에 나오니 비루해진다
개자식 개망신 개망나니
가볍고 만만하다
개꿈 개떡 개뿔 같은…

양반은
물에 빠져 죽어도 개헤엄은 칠 수 없고
개는
개라서 개죽음 될까 언제나 슬픈 운명

개 2

음~ 개맛있다
오늘, 미팅은 개좋았어
시 합평 후 뒤풀이 장소
깔깔거리는 신세대 시인들

무슨? 개소리하는 겨
개 + 명사는 그것을 비하시키는데
개 + 형용(동)사는 위상을 올려준다고-
신세대들이
추구한 이미지의 반란

내 시가
개아름다워지도록
개밤새워
개기침 좀 해야겠다

불청객

닭 울음소리가 잠자는 내 귀를 쪼아
낭송할 시를 다듬고 있는데
저승사자 옷을 입고 날아온
불청객
컴퓨터 모니터에 앉아 시를 들여다보고
뭐 이것도 사냐고 놀려댄다

제 방처럼
익숙하게 날렵한 비행을 하는, 놈은
유리창으로 오랫동안 나를 훔쳐보다
문 여닫는 때를 틈타 날아들어
은밀한 동거를 즐기고 있었을 터

파리채를 찾았다
채보다 빠른 놈은
숨바꼭질하듯 어둠을 찾아 숨고
나는 허공에다 휙휙 소리를 그었다

파리를 날리듯 시도 날려버리자

날이 훤히 밝아왔다

날이 훤히 밝아왔다

고통에 더욱 성숙해지는

한 백 년쯤 되어 보이는
소나무 분재 앞에
옷깃 여미고 서다

작은 화분에 발 묻고
허공을 붙잡고 뻗는 가지
뿌리는 세월을 길들이고
물 긷고, 햇볕 받아
상처받은 몸 아물려
마디마디 구부리는 허리를
유연한 춤으로 받아내는
철사로 감긴 고통과 슬픔을
강인한 인내와 생명력으로 승화

민족의 수난사 같은
저 고고한 소나무 분재

분재, 길들이다

안 가겠다는 길

독방에 밀어 넣자
반항하는 발길질
시든 잎들의 아우성
바라보는 눈길, 사납다

철사를 감고
길을 비튼다
나무와 철사의 팽팽한 줄다리기

생각이 골똘히 자라고
동글동글한 나이테를 제 몸에 새기며
나무는 철사의 길을 따랐다

시련을 걷어내자
자연보다 더 자연스러운
몸은 단단하고 아름다웠다

모래시계

74

알몸이다

사막처럼 뜨거운 열기

누구든 만져야만 산다

모래가 아닌 것이 모래처럼

시계도 아닌 것이 시계처럼

4부

브레인brain

예쁘고 자그마한 네가 만들어지고 그 방은 언제나 매끄럽고 자유로웠다. 가령 기미독립선언문, 게티즈버그 연설문을 암기하고 별같이 빛나는 시와 시인들 수많은 생각과 문장이 차곡차곡 쌓여 정리되고 넓어짐으로 내 행동이 자유롭고 키도 커갔는데 칠순을 넘은 너는 비바람에 씻기고 서리 맞아 녹슬고 또 지구가 넓어지면서 넘쳐나는 정보가 너를 헷갈리게 해. 아등바등 받아들이는 말과 문장은 이제 더 이상 받아들이지 못하고 정리되고 기억한 나무, 꽃, 친구들 그리운 사람의 이름도 가물가물 떠오르고 심지어 손에 잡힌 물건조차 찾아 헤매기도 한다.

이제 네가 더 이상 졸아 시들기 전 모여진 기억의 언어들로 거룻배 같은 시 한 척 띄워야 하겠다.

때를 알다

강아지를 가지러 갔다
여섯 마리 중 남은 한 마리
처음 한 마리를 새 주인에게 넘겨준 후
낯선 사람이 얼씬거리면 어미는 밖에서 놀던 새끼들을
제집으로 물고 들어가 품고 있었다고 했다
경계하며, 눈 흘기며

제 새끼 건네줄 때마다
슬픈 울음 토하며
남은 새끼 감추어 안고 핥고 젖 먹이던 어미 개

본능일까
여러 차례 이별이 지나는 동안 체념한 걸까
새끼보다 더 그리운 정이 있었을까
이번에는 미련 없이 이별을 건네고 있다

순한 눈빛 강아지를 안으며
나는 이별이
빛나는 때를 생각해보는 것이다

물그림자

침묵해야 하는 것

흔들림 없어야 하는 것

내 모습 내 행동 내 마음까지도 들여다보는 것

明 鏡 止 水

나를 너에게 보낸다

네가 내 몸에 든다

삶의 무게

삶이 나에게 묻는다

무겁지 않은가?

채울 게 많을 때는 버거웠지만
버릴 게 많은 지금은 홀가분하다

너 없는 나

나 없는 너

그림자

호수에 잠긴 달을 건져 본 적 있다

지나온 생을 만진다
흔들리며, 곤두박질치고
까마득히 멀어져 가는
나의 그림자

나는 어디쯤 서 있었던가

어두워지는 길을 걸어가며
떨리는 가슴 만지니
뼈가 소낙비처럼 울고 있다

목련꽃

구름처럼 피어난 백색 순결

수줍은 웃음
그렁그렁 맺힌 눈물이
나, 어릴 적
저세상 간 누이 같다

무너진 엄마의 가슴처럼
툭툭 떨어져 버리는 꽃

가족

외출했던 가족이
해 저물어 한자리에 모였다

오늘도 코로나19를 막아냈다고
수고했다고
귀하신 몸 대접받는 마스크 가족

상처

영양가 없이 차려진 밥상에
사소한 일상이 화두로 놓인다
젓가락에 잡힌 말
짜증이 간장처럼 묻어 있다
가시 돋친
톡톡 잘린 말이
과거에 묻어둔 돌부리를 차고
아픈 발가락이
나, 당신 족보를 들추고 나면
칼자국보다 오래 남는
말의 상처
가슴에 회한이 맺힌다

말에 빗장 걸린 말
오랫동안 돌아오지 않았다

노부부

새끼들 둥지 떠나고

해 저문 세월의 강둑에 서면

부부는

생각 따로 마음 따로인 것

말 따로 행동 따로인 것

몸 따로 방 따로인 것

조금, 가여워지는 것

다발성골수종

남산타워가 눈높이로 바라보이는
가톨릭서울성모병원 182병동
발아래 전국 도시에서 올라온 고속버스가
환자처럼 터미널에 누워 있다

밤은 깊어
빵빵하던 길 홀쭉하니
넘쳐나는 속도로 자동차 질주하는데
나는 바둑판 같은 도로에서
내기베이터nagivator가 되었다

외부의 적을 막아내던 백혈구 형질세포가
자기의 뼈를 공격하는 처참한 배신
골수종 세포, 혈액암

생의 협곡에서
방면의 내비게이션navigation
민창기 교수님과
손에 잡힐 별 하나 찾고 있다

삭발

자고 나면
머리맡에 뭉텅뭉텅 빠지는 머리카락
조혈모세포 이식수술을 앞두고
삭발합니다
바리캉이 밀고 간 자리에
파란 핏줄이 돋고
발등에 떨어지는 머리카락은
진눈깨비 되어 날립니다
평생을 기르고 손질하던 머리가
한 번도 본 적 없는
민둥산, 낯선 얼굴로 다가오고
그 민둥산에 그어진 칼금이
비수가 되어 내 가슴에 꽂힙니다

스산한 가을
낙엽 지듯 떨어진 머리카락은
겨울지나 봄이 오면
나뭇가지에 새싹 돋아나듯
은발 성성 돌아오고

환하게 웃는 날 오겠지요

혹독한 겨울을 견딥니다

문어

가톨릭서울성모병원 응급실 D 음압 구역 2번 침대
문어가 된 그녀가 누워 있다
항암치료로 반질반질한 머리
몸에서 뻗어 엉켜 있는 링거 줄

나는 낙엽처럼 말라버린
그녀 옆에 가 가만히 눕는다
눈이 마주치자 희미하게 웃는 그녀

나는 그녀의 화려한 보험왕 시절을 상기시키고
절대 포기할 수 없는 생의 애착에
기도로 손 맞잡는다

입관入棺

이 세상 소풍 끝내고* 당신 떠날 때
우리 영안실에 모여 당신을 보냅니다
병마에 흐트러진 표정 열어 곱게 화장하고
손발 가지런히
꽃신, 삼베옷 한 벌
십자가 고깔 접어 머리에서, 발끝까지
주검이 밖으로 나가지 못하게 묶고 갈래지어 또 묶습니다
공무로 여행한 밴쿠버 알래스카 이스탄불 마추픽추보다
우리가 함께 살았던 강릉이 더 아름다웠다고
하느님께 고하겠지요
성경책 한 권
내가 마지막 당신에게 쓴 고별사 한 장
참고 참았던 눈물 한 줌
꽃향기 짙은 관 속에 안치하여 당신을 보냅니다

* 천상병 시인의 시 「귀천」에서 차용.

세 여인

내게는 세 여인이 있습니다

나를 낳아준 여인
내 아이를 낳아준 여인
내 아이를 키워준 여인

세 여인 각기 암으로
나를 두고 산으로 갔습니다
찢긴 가슴에 찬바람만 남아
불멸의 밤을 하얗게 밝힙니다

다시 만날 때까지
생활 곳곳에 먼지처럼 쌓인 회한을 털고
오직, 하늘이 베푼 은총만을 반추하며
면벽수행의 길을 떠나겠습니다

백석처럼

입춘 지나고도
폭폭 내리는 눈이
운명처럼 쌓이고 쌓이는
고적한 감악산방

나타샤를 사랑하기 때문에 눈은 나리고*
아니 올 수 없는 나타샤를 기다리며
독백하는 백석처럼

나는 지난날
할렐루야 기도원에서 백일 간의 절규와
가톨릭서울성모병원에서 5년간의 간구가 헛된
내 가슴에 그리움만 남기고
산으로 간 두 여인을 생각하며
홀로
홀짝홀짝 소주를 마시는 것이다

* 백석 시인의 시 「나와 나타샤와 흰 당나귀」에서 차용.

내 어찌

젊음의 재혼까지 서둘러 데려가신,

당신을

얼마나 내 더 살아야

얼마큼 믿음이 더 자라야

얼마만큼 윤희를 거듭해야

나, 당신의 뜻을 알까요?

홀로 섬

독신 2년
희수를 넘어 생이 홀가분해진 나이
묵혀두었던 생각들을 들고 시장을 간다
이곳저곳에서 부족한 일상을 채우고 들른 마트
가벼운 바구니 하나 들고 매장을 돌며
필요한 영양과 색깔 선도를 고르고
냉장고에서 오래 잠들지 않도록 적정량을 담는다
계산대 앞에서
바코드가 알려주는 금액으로
카드를 긁고
돌아온 집에는
시장에서 담지 못한 생각이 수두룩
필요시마다 적어 둔 쪽지도
잃어버리기 일쑤

나이는 망각을 친구로 지내는 것
내 망각은 시장과 일상을 홀로 반복하는 것

안부 전화

희수를 앞둔 나이
홀로된 나에게 전화가 왔다
어떻게 지내느냐고
고교 시절 함께 자취한 친구

세탁은 세탁기가
청소는 청소기기
전기밥솥이 해 주는 밥 먹고
홀가분하게 잘 산다고 했다

차마
가슴속 마른 눈물을
꺼낼 수는 없었다

벌초

마흔넷에
당신이 누운 땅

벌초한다

잔디보다 잡초가 파도처럼 아우성치는 무덤가

그리움이 자라난 잡초를
예초기로 싹둑 벤다

비명을 지르며 잘리는
당신의 눈물

바다의 침묵

감악산자락
물방울 하나 툭 떨어져
실개천 돌고 돌아 강물로 흐르고 넘쳐
경포 바다 앞에 섰습니다

산 세월이 무거웠던 나는
세상을 밝힐 촛불 하나 들지 못했지만
마음을 닦는 손거울 하나
가슴에 품고 살았습니다

역사의 덜커덩거리던 길도
배고픔 달래던 보릿고개도
가슴 치며 치열하게 뿜어낸 열정과
질경이와 인동초로 지켜낸 양심에
꽃 한 송이 가슴에 달았습니다

봄을 꺼내든 손이
겨울의 끝자락에 선
지금은 홀가분한 나이

강물이 더 먼 바다로 나아가
침묵에 잠기는 어느 날을
경건한 마음으로 기다려 봅니다

무게와 상처, 그리고 선물

이홍섭(시인)

1. 인연

조수행 시인과 인연을 맺은 지는 오래되었다. 처음 만난 곳은 강릉원주대학교 평생교육원 '시창작교실'이었다. 당시 시창작교실 수강생들은 대학생부터 직장에서 퇴임한 어르신들까지 나이와 신분이 다채로웠다. 수강생들은 시에 대한 순정함과 열정이 대단해서 내가 그만둔 뒤에도 따로 모임을 이어 나갔고, 많은 분이 연이어 등단했다. 지금도 이 모임은 이어지고 있다.

조수행 시인은 수강생 중에 각별했다. 젊은 시절에 가졌던 한때의 꿈을 떠올리며 퇴임 이후 막연하게 시창작교실에 등록한 수강생들은 대부분 한 학기를 버티지 못했으나 조수행 시인은 늘 변치 않고 등록을 거듭했다. 직장에 다니며 사회적으로 어느 정도 위치에 올랐던 분들이 수업에서 가장 견디지 못하는 때는 바로 시 합평 시간이었다. 많은 분이 모멸감을 받았다며 떠나갔지만, 조수행 시인은 화살처럼 날아오는 평들을 꿋꿋하게 견뎌냈다.

그런 시절을 통과하면서 조수행 시인은 어느덧 수강생들로부터 '교장 선생님'이라 불리기 시작했다. 우체국장으로 명퇴를 한 뒤 시창작교실의 명예 교장이 된 분은 아마 조수행 시인이 유일할 것이다. 나는 이 '각별한 수강생'이 시창작교실의 명예 교장을 거쳐 마침내 시인으로 등단하는 과정을 지켜보면서 조수행 시인의 삶을 견인하는 순정함과 세계관의 원천에 대해 궁금해지곤 했다.

2 무게

조수행 시인은 해방 이듬해인 1946년에 출생해 내년이면 팔순을 맞는다. 시인보다 스무 해나 늦게 태어난 내가 시인이 살아온 삶과 역사적 환경을 단정 짓기는 어렵지만, '해방둥이'라는 표현이 따로 있듯이 해방 전후에 태어난 세대가 겪은 역사적 질곡은 그 전후의 세대와는 확연히 다른 면모가 있다. 가난, 전쟁, 월남전 참전, 산업화, 민

주화 등 한 세대가 한두 번 정도 겪을 역사적 경험을 이
세대는 한 생애에서 다 받아냈으니 여기에서 형성된 세계
관을 다른 세대가 짐작하기란 쉽지 않다.

　　푸른 언덕에 꼴짐을
　　진달래 붉은 동산에 나뭇단을 지고
　　석양을 날랐다

　　그 무게를
　　버티어온 어깨가
　　험한 세상, 나를 지키는 힘이 되었다
　　—「지게」 부분

　　쐐기풀 같은 이 세상을 나는
　　얼마나 중심 잡고 살아왔던가?
　　바람 불 때마다 흔들리고
　　와르르 가슴 무너진 적 얼마인가?

　　무중력의 돌탑 보면서
　　내 몸의 중심을 생각해보는 것이다
　　—「중심」 부분

삶이 나에게 묻는다

무겁지 않은가?

채울 게 많을 때는 버거웠지만
버릴 게 많은 지금은 홀가분하다.

너 없는 나

나 없는 너
— 「삶의 무게」 전문

　위의 인용 시들은 공통적으로 "무게"라는 시어에 초점이 맞춰져 있다. 시인은 이 무게가 "험한 세상, 나를 지키는 힘"이 되었다고 토로하며 자신의 삶을 "지게를 지고 온 삶"으로 형상화하고 있다. 마지막 인용 시의 마무리 부분 "너 없는 나// 나 없는 너"라는 표현은 이 무게가 시인의 삶을 어느 정도 지배하였는가를 잘 보여준다.
　지게는 무게와 균형, 그리고 중심을 상징하는 도구이다. 해방 이듬해에 태어나 가난과 전쟁, 월남전 참전, 산업화, 민주화 등 역사적 격변 속에서 균형과 중심 잡기는 생

존의 방식이었을 것이다. 그런 면에서 시인이 지게를 거듭
불러내는 것은 역사의 질곡을 건너온 자신의 실존을 거듭
물어보는 것과 같다고 할 수 있다.

3. 상처

한 개인의 실존과 세계관은 역사라는 외적 환경과 지극
히 개인적인 사적 체험이 교차하면서 만들어진다. 역사라
는 외적 환경에 대응하면서 세계관이 형성되고 개인적인
사적 체험을 통해 삶에 대한 본질적 질문을 던지게 된다.
물론 이 둘은 서로 영향을 주며 교차하기도 한다.

앞서 살펴보았던 시들이 해방둥이 세대가 공유했던 역
사적 질곡을 배경으로 하고 있다면 아래 시들은 시인 개
인의 사적 체험과 상처를 바탕으로 하고 있다.

입춘 지나고도
푹푹 내리는 눈이
운명처럼 쌓이고 쌓이는
고적한 감악산방

나타샤를 사랑하기 때문에 눈은 나리고

아니 올 수 없는 나타샤를 기다리며
독백하는 백석처럼

나는 지난날
할렐루야 기도원에서 백일 간의 절규와
가톨릭서울성모병원에서 5년간의 간구가 헛된
내 가슴에 그리움만 남기고
산으로 간 두 여인을 생각하며
홀로
홀짝홀짝 소주를 마시는 것이다
— 「백석처럼」 전문

위의 시에서 시인은 "고적한 감악산방"에서 홀로 소주를 마시며 백석 시인의 시 「나와 나타샤와 흰 당나귀」를 떠올린다. 감악산방은 시인이 거처하는 작은 집으로, 감악(甘岳)은 시인의 호이기도 하다.

시인은 이 산방에서 입춘이 지나고도 내리는 눈을 보면서 "운명처럼" 쌓이고 쌓인다고 탄식한다. 그러면서 백석 시 「나와 나타샤와 흰 당나귀」에 등장하는 구절 "나타샤를 사랑해서 오늘 밤은 푹푹 눈이 나린다"를 떠올린다. 이 구절이 돋보이는 것은 눈이 내려서 나타샤를 사랑하는 것이 아니라, 나타샤를 사랑해서 눈이 내린다고 표현한 점이다. 내용상 백석의 시와 다른 점은 백석의 시에는 "깊은 산골로 가 마가리에 살자"라는 구절에서도 알 수 있듯이 의지적 표현이 가미되어 있는 반면, 조수행의 시에는 "운명"이라는 표현에서 알 수 있듯이 미래가 제거된 체념과 "그리움"만이 존재한다. 아래 시들은 그 운명과 그리움의 실체를 선연하고도 아프게 노래하고 있다.

내게는 세 여인이 있습니다

나를 낳아준 여인
내 아이를 낳아준 여인
내 아이를 키워준 여인

세 여인 각기 앞으로
나를 두고 산으로 갔습니다
찢긴 가슴에 찬바람만 남아
불멸의 밤을 하얗게 밝힙니다
—「세 여인」 부분

젊음의 재혼까지 서둘러 데려가신,

당신을

얼마나 내 더 살아야

얼마큼 믿음이 더 자라야

얼마만큼 윤회를 거듭해야

나, 당신의 뜻을 알까요?
― 「내 어찌」 전문

위 두 편의 인용 시는 "찢긴 가슴" "내 어찌" 등의 표현
에서도 알 수 있듯이, 이번 시집에서도 시인의 고통과 절
규가 가장 절절하게 드러나 있는 작품들이다. 앞서 인용
한 시 「백석처럼」에 등장하는 "산으로 간 두 여인"은 뒤의
시 두 편에 다시 등장하는 여인들로, 시인은 이 두 여인을
보내면서 얻은 상처로 인하여 "믿음"과 "윤회"에 대한 질
문을 던질 만큼 삶의 본질에 대한 종교적 성찰에 이르게
된다. "내 어찌"라는 제목은 시인이 감내해야 했던 고통이
절규로 터져 나온 것이라 할 수 있다.

4. 선물

    앞서 살펴보았듯, 시인이 지나온 삶은 '책임'과 '상처'로 요약할 수 있다. 시인은 여전히 "새벽을 나르던 물지게 소년"(「물지게」)처럼 살아왔지만, 몸을 통해 세월을 절감하게 된다. 시인은 여러 편의 시를 통해 "세월이 내 몸에 든 것"(「몸이 모르게」)을 알려주는 병의 목록을 보여준다. 앞에서도 언급했듯이 누구보다 책임감이 강한 시인은 이 병 앞에서도 "통증도 내 몸의 독백/ 내가 돌봐야 하는 것"(「내 몸의 독백」)이라고 말한다. 몸의 고통은 나에게서 비롯된 것임으로 오롯하게 나의 실존적 고통이라 할 수 있다. 시인은 이 고통과 맞서며 다음과 같이 노래한다.

    내가 어떻게 태어났는지 모른다
    분명한 건 내 몸은 난류성
    따뜻한 해수를 좋아한다는 것

    내가 어떻게 뭍에 올랐는지 모른다
    분명한 건 내 몸은 건조성
    허공에 들리어 해와 별을 먹고
    해풍에 말라간다는 것

피데기로 다시 태어나는 나
이생을 건너
윤회의 다음 생은 어디일까

전생의 바다를 펼쳐보며
몸처럼 눈물도 꾸덕꾸덕해진다
　　　　─「피데기」전문

위의 시에서 시인은 반건조 오징어를 지칭하는 피데기에 견주어 자신이 살아온 삶을 반추한다. 전생, 현생, 내생 등 종교에서 즐겨 말하는 삼생(三生)에 대한 묘사와 비유를 통해 완성도를 높여가는 이 작품은 마지막 구절 "몸처럼 눈물도 꾸덕꾸덕해진다"라는 표현에서 화룡점정을 얻는다.

지금까지 살펴보았듯이, 이번 시집은 자신에게 닥쳐온 책임과 상처를 신실(信實)하게 지고 온 한 시인의 인생 역정을 파노라마처럼 펼쳐 보인다. 순정하면서도 비장미 넘치는 아래 작품은, 시인이 이 파노라마 같은 자신의 인생 역정을 한 편에 녹여서 독자에게 내어놓은 값진 선물과 같다.

감악산자락
물방울 하나 툭 떨어져
실개천 돌고 돌아 강물로 흐르고 넘쳐
경포 바다 앞에 섰습니다

산 세월이 무거웠던 나는
세상을 밝힐 촛불 하나 들지 못했지만
마음을 닦는 손거울 하나
가슴에 품고 살았습니다

역사의 덜커덩거리던 길도
배고픔 달래던 보릿고개도
가슴 치며 치열하게 뿜어낸 열정과
질경이와 인동초로 지켜낸 양심에
꽃 한 송이 가슴에 달았습니다

봄을 꺼내든 손이
겨울의 끝자락에 선
지금은 홀가분한 나이

강물이 더 먼 바다로 나아가
침묵에 잠기는 어느 날을
경건한 마음으로 기다려 봅니다

— 「바다의 침묵」 전문 ■끝

달아실 기획시집 43

공동밥상

1판 1쇄 발행	2025년 6월 30일
지은이	조수행
발행인	윤미소
발행처	(주)달아실출판사
책임편집	박제영
디자인	전부다
법률자문	김용진, 이종진
기획위원	박정대, 이홍섭, 전윤호
편집위원	김선순, 이나래
주소	강원도 춘천시 춘천로 257, 2층
전화	033-241-7661
팩스	033-241-7662
이메일	dalasilmoongo@naver.com
출판등록	2016년 12월 30일 제494호

ⓒ 조수행, 2025

ISBN 979-11-7207-060-1 03810

이 책의 일부 또는 전부를 재사용하려면 반드시 저작권자와 (주)달아실출판사 양측의 동의를 얻어야 합니다.

* 잘못된 책은 구입한 곳에서 바꿔드립니다.
* 책값은 뒤표지에 표시되어 있습니다.